星の（半減期

渡辺玄英

思潮社

未読の街

これはずいぶん前に書かれたものだ
読みづらい文章の中に
欠落した言葉があって
欠けた言葉の向こうに
ぼんやりと夕日が差している
ひとが影になって歩いている
ありふれた住宅街にすり鉢状に
窪んだ公園があって
だれかが砂利をふむ音が
耳元にきこえてくる（ほかに音はない
（まだわたしはあそこに立っている

それは五年前かもしれない五年後かもしれない
これからわたしがどこに向かうのかわからない（が
わたしがそこで生きるかわりに
かれはこれを書いたのだ~~かもしれない~~
（結果が原因を生む~~こともある~~
影ができたから日はかたむく
地面が濡れたから雨は降る　というように
この文章が不完全に記されたから
わたしはここで傾いている
（わたしはかれだ（かもしれない

ずいぶん前に書いたものだこれは
書かれているわたしが書いていたかれを思い浮かべて
（それで影のように（幾重にも（わたし

（わたしが重なって立ち竦む
例えばあの公園の銀杏の木、という
文章の下に埋葬されているわたしたちを
わたしは覚えていて
（そうこのあたりだ（わたしの
みひらいた目元が仄かにあかく染まっている
（とここに記すは誰だ（誰だろう
口をひらこうとしたがひらけなかった
なぜなら
夕日に向かうこの街には
まだいくつもの言葉の欠落があるのだから

目次

装幀　中島浩

星の（半減期

*

ひかりの分布図

いまは風景の破片になろうとして
このようにおびただしくわたくしはくるくると
方位を変えながら流れていく
（地平線はどちらですか？（河口はどちらですか？
流れていくくるくる（いいだろう、こんなに回って
はためく風景のはためき（笑えよ、風景のように
未来のわたくしは将来これを見る
ことになる（なるに違いなく（なるかもしれず（なるだろう
鳴るのは何？
鐘の音？（ちがうよ、遠く

遠くで空が割れる音
未来はくるくるまわりながら

川沿いに道がある
けれど人は歩いていない
ベンチがある
けれど誰も座っていない
青空はひろがっているのに鳥は飛んでいない
（こんなに明るいのにどこにも太陽はみえない
動くものと言ったら蝶々くらいで
いない人たちが　いないことに気づかないまま（分岐して
いない自分を探している
（五〇円硬貨三枚握りしめて

この川には見覚えがないね
向こう岸の歩道をきみは歩いている
（それは人称のない光の屈折率（影に呑まれそうになりながら
並木や街灯や建物がここから見える（ぜんぶ昨日燃えてしまった
あの黒いビルの横には
来月にはコンビニがあった（ごめんね昨日まではそうだった
来年　立体駐車場の横に病院が　病院の横に郵便局があった
その先に寺があった　墓地にはわたしが眠っていた
（ごめんね昨日まではそうだった（ここは過去の未来だもの
明日にはムスーの廃墟のビルが立ち上がる
おびただしい時間の破片がくるくるまわる
（ぼくらわたしらも包囲されてくるくるまわる
あのとき、空が割れる音がして
それから青い蝶が分布して各地で観測された

（視線があと退りしていく
日と月があふれて
たくさんのものが気配になる（明日からの手紙のように
こんなに明るいのに
この明るい空の中に　天の川が隠されており
流れる時間は皮を剝がれた獣のようだ
（過去のわたくしはすでにこれを見た
天の川の星たちは誰にも見えなくて
割れた鐘の音のように空に響いている
（手紙に、遠くで耳を澄ましているきみ
惑星の自転よりも天体の公転よりも
ちきうではたくさんの時間がくるくる回ったよ
時間の破片は刈りとられ日に干されて青い光に浮かび上がった

聞こえますか？（川の畔の歩道のきみだよ

何か死体みたいなものが道端に落ちていないだろうか
その脳髄にはどんな風景が収められているだろう
この空の明るさとか　川向こうの景色とか　ありきたりの街角とか
ぼくはぼくの顔をしているけどぼくではないぼくとか
きみはきみの顔をしているけどぼくのはずだとか
どうやらこれはぼくの左腕であるとか
きみがじっと見つめているのは世界の蝶の分布図です
（いままでにない真剣な表情で
きみの目に映っている　たくさんのくるくるたくさんのくるくるくる
（来年の花火を昨日のぼくらは一緒に見上げています
ぼくは笑っている　笑いながらくるくるくるくる

明るい空の下　青い蝶がとんでいる（分岐
ぼくらわたしらはコトバを光の中に置き忘れてきたようだ
どこにも橋がみつからない（なつくさの音
川向こうからここを見たならすべては蜃気楼みたいだろう
向こう岸に渡りたいけれど
（五〇円硬貨三枚しかないごめんね

夜の（半減期

三日前に死体を埋めた
夜の公園に
ブランコの裏手の（湿った土の
~~（どうして隠しているのかわからないが~~
湿った土が指に爪に（風が強かったので
三日前にぼくは死体を埋めた
と明日ぼくはおびえていると三日後のきみに語っていると
いまぼくは思い出している
（台風が近づいている（闇が濃い（光（風（雨
いったいいつのことで誰がそこにいたのか
（広い範囲が暴風域に入り（死体の闇は濃くなり（死因は特定できない

ぼくはここには来ませんでした（というより
ここにはいない（サイレンが鳴る
公園の常夜灯にうかびあがる
ブランコが揺れている（風で木々も揺れる
揺れているのはぼくかもしれない（ゆれる（ここにはいないけれど
三日前の夜に三日前のブランコがゆれて
昨日の夜に昨日のブランコがゆれて
三日後の夜に三日後のブランコがゆれる
三日後の夜に思い出された三日前のブランコがゆれて
思い出された三日前の夜がはじめて埋めた夜の公園で
濃い闇にブランコはゆれて　ゆれているブランコに夜が昨日の夜にゆれて
（木々も揺れてつまり揺れているのはぼくやきみ
ここにはいないけれど（薄く火をつけて燃やした

この常夜灯にあつまる羽虫たちの複眼にたくさんの夜
ムスーにゆれるブランコ（のそばの常夜灯にたくさんの羽虫が
ムスーにゆれているブランコが（ゆれているのはきみかもしれない
ゆれているいいね（ゆれて（いた（揺れ（つづける（いた（いいね
いっせいにいま（いいね
こんなにもムスーにゆれて（いいわけがない（ぼくはゆれて
どこにもいない（きがする（複眼に（ゆれて（いいね（いいね
いないね（いるね（いいね（ゆれて

いきなり魂の重さを考えてみる
こんなにも揺れたとしても
魂の重さは同じだろうか
ひとりの死体を埋めたとしても変わらないだろうか
セカイが消えても魂はのこるのか

（魂の半減期は希望になる
ぜんぶ終わってしまうとあの日の悪夢も消えてしまうだろうか
なかにはプルトニウムが入っている
そういうことになっている（ぴかどんだ
終わってしまったらすべてきみの思うとおりだ
もう数字やコトバが意味をもつことはない（希望ってよく燃えるから
半減期の二百年とか二千年とか（それが救済だ
燃えつきるまで（痕跡はのこって
きみの魂を蝕んでいくから
（赦される日はこない（魂の痕跡がのこっている

きみはキオクにすぎなくて（そういえばぼくも
光の反射でした（ゆれる光の
公園に埋められたタマシイの夢の半減期

手に残された感触のびくびくと揺れる半減期
（それでも魂の痕跡がのこるから
どれだけ逃げても逃げられはしない
~~（埋めたはずだ（だれも知らないはずだ~~
広大な海に波が一瞬立つように
（ぼくらはうまれた（そして消える
（ふいにあらわれて消える
ブランコがどれほど揺れても時は進まない
いつまでも繰り返し揺れて（常夜灯の光を反射して
（ぼくらはその破片のきらめき
だから重さはかわらない（だろう

もし魂に重さがあったとしたら
それは何なのか？（天から地に墜ちるだけ　希望だよ

ゆれるの?　(いや　真っ逆さま

いちばん弱い時間にまねかれている

自分の文字で書かれた
憶えていない手紙が
ある日とどけられる
（記憶にない記憶が
噛みあわない（時間　とここにあるものと
予告なしに猫の影だけが（目の前を
通り過ぎていく

（今から五分前にここには雨が降るでしょう
いったいそれを誰が記憶しているのか

とゴーストが囁く（ささやくから
消えたものとやがて消えていくものだけが
あなたを支えてくれている
ここに
何もないことが
無限大の空になって広がって
（その下に一本のアンテナが立っている
それはあなただけが記憶している
（不等辺三角形の（傷として
ゴーストが囁く
でもどこからこの記憶はおとずれたのですか
（今から五分後にここには雨が降っていました

チケットは手にもってください

しずかにうしろ向きにすすんでください

強い風が通りすぎた今は風のない街をあるくと
影のない猫が
目の前を通り過ぎた
記憶の欠片を口にくわえて
（欠片が猫を思い出して（いる
欠片が猫を呼ぶ
猫のはるか以前を
影は尾をたてて
走り去った
（と手紙には書かれている
どこまで記されていたか、と考えるのは
いつのあなたですか（ぼくですか

手紙のへりを丁寧に折りたたむ
切り離してあたらしい手紙がはじまる

猫が舗道の先で
ふりかえっている
ぼくをみている
とぼくの文字で書かれている
とあなたは読んでいる
五分後にはあなたは
猫の鳴き声をききました（声だけを
（そこにはあなたの影だけが佇んでいる（のかもしれない
やがて届けられる手紙を
あなたは書いている（読んでいる

箱（はこのうさぎ

影の人の（その眼は
見ている空の灰色（のはいいろ
（きょうは存在しないはずの今日だった
ほそい手首とこわれた塀と駐車禁止の標識がみえる
路地のむこうには
音のない住まいが傾いて
ちいさな電灯の下
（ないはずの時間は息をひそめている
赤い目（のいきものは

たとえば
口封じのために
自分を殺した
やせた地図を燃やして
明日ぼくは知らない街を歩いていた
明日になれば
捨てた場所に影だけが立っていた
（あの地図の×印のあたりに
さりさりとすずしげに
黒い風は吹いた（はずでしょう
ここは行き場のない過去だから
いくら記憶を捨てたとしても
いつでも未来はここに帰ってくる
いつでも未来はここから帰れない

はこ（は　いつも
空白
いつも　すきとおり
いつも　とじている

箱（はこ
の中に
兎がいる（いない
かもしれない
何も語らない
兎を見捨てて
息を殺して
あなたはここまで逃げてきた

存在しないはずの未来の場所で
飼っている兎のことが心配です　と
あなたは話した（話せなかった
たれ知れずとりのこされて
ことばをもたない兎はじっと飢えに耐えて
声もあげずに死にますでしょう（しにました
あなたのせいだわたしのせいだあなたのせいだわたしのせいだ
みずはないくさもないうえてうえて
うさぎころしひとごろし（でありますあります
みだのほんがんがじょうじゅしますように
うそですうそです（もうホントはどこにも分からない
みだはいない　けれど　いることにした
うそですうそです（みずください　くさください
うさぎは死ぬまちがいなく死ぬ

みだのほんがんみだのほんがん（いることにした（いない
うそですうそですころされたころした
うさぎには声はない（声はないのに
いまわたしの心臓は
普通の人と同じように動いていますか
いまわたしの心臓は
声のないいきものになって脈打つびくびく
しんぞうのうさぎは
闇のなかで耳をすまして脈動している
（みだみだ
わたしという箱の中で
（生きているわたしと殺したわたし
生きている兎と死んでいる兎が
同時に跳ねる

さわってみるとあたたかかった

深夜
まっ白な風船をもって
たくさんのわたしが横断歩道をわたっている
信号が点滅しはじめる
兎は心配でたまらない
もうすぐ赤になるのに声がでない
あなたに知らせる術がない
たくさんのあなたははやく巣に帰るのです
塩をすこしだけ舐めて
すこしだけ笑うのです
息をころして待ちなさい

なにか小さな紙に
たれにもいえないことを書くのです
冷蔵庫をあけて白い牛乳をのんでください
まだ朝はきません
きてほしいけれど絶対にきません
いまは夜です（うそです夜だけがつづきます
紙に書いた文字がさえざえと
横断歩道にしるされています
見えない兎が
むこう側から見つめています
かえれない未来
かれらはどこへ行ったのか

星の（闇

夜の空の
無数の星がひそかにささやいて
いる（きこえない

見たことがある（けれど
見覚えのない街に（街灯だけが点々と灯って
角をまがると
また同じ街がある
歩けば歩くだけ広がる（街（街（街
夜明け前にくりかえされる

ねがえりやドアをさいげんなく
叩く音
（路上の小石がうすく光る
知っているけれどちがう （同じ街
知っているけれどちがうことをおぼえている （同じ街

きのう世界は壊れたらしい
（星の光は星そのものではない （ように
ムスーの見えない星が散りばめられた
ひとつひとつは意味があるささやきかもしれないけれど
それが一度に響きはじめると （こんなにも
暗いかたまりになったのだ （かもしれない
ムスーの見えない星が （闇になって
ムスーの街がさいげんなく （闇になって

くりかえされるぼくがくりかえし夜に迷いつづける
死んだ未来にまがり角で出会う
はたしてこれは
何千年も前に壊れた星のささやきなのか
夜明け前の夢を見ている世界のかけらなのか
もうすぐ消える星の記憶（の終わりの光景なのか
わかりはしないが
ぼくらわたしらは遅れる光
（遅れつづけて（遅れていく光

道端にちいさな星のかけらが落ちている
きのうマクドで同じ景品を見かけた

白い街　青い光

雪が深々とふりつもる
歴史がそろそろ終わるころ
街も舗道もうっすら目蓋をとじて
（深度5くらいの眠りの舗道に
こんなところに落ちている写真の中で（うつぶせに
倒れているきみは時間の断層だ（った
（どうしようもなくてわくわくする
なにより
背中の羽根がいい感じだ
（白いほねが突きだしたみたいに

なんでこんなに笑えるんだろう
星はかがやき
悲劇は人の形をとることがある
ずいぶん前から死んでいる（はずの
この真っ白な市街地に青い光が微かに灯り
（羽毛がかすかに
揺れるのがおかしいです
（おかしいですか（おかしいですね
風かな？（くすぐったくて

（くすくす
ふるい写真だ　前世紀の
写真の中には
まだ生きている空があって

青く澄みわたり
果てしない（写真の空の奥の青
頭上には薄暗い雪雲
の下の　路上の前世紀の青い空
死んでいる空と　生きている空が
ともに滅びてしまった街が
夢のようにひろがっている
（深度7くらいの眠りの市街地
ここに階段があればぼくは上るし
ドアがあればそれを開くだろう　すると
さびしさが椅子にこしかけて窓の外を
眺めていた（記憶
で、ぼくは写真の中で笑っている
むろん声はたてないで

誰も帰ってこないよここには
　（くすくす

雪がふる（風に舞う写真の過去
水たまりに（沈む写真の過去
（写真を集めたのはぼくたちにキオクがなかったからだね
だとすればきみはどこから来たのか
あの日、滅びの青い光がおびただしくぼくたちを染め上げた

もう少ししたら　見えるんだ
あの辺り
屋上で誰かが
懐中電灯を　ふって　いるちいさな
あかりが

（ずいぶん離れたビルの　あのあたりで
ぼくは知らなかった
ぼくがおびただしかった　ということを
みずの星で
いまではぼくらの青い光だけが
周囲をぼんやりと覆っている
（このことを誰が覚えていてくれるだろうか

ういえば
一度も会ったこと　のない
北　の大切な友人が教えてくれた
ふるいアイヌの言葉で
「ちきう」は「断崖」を　意味すると
（もうふたりともどこにもいないけれど

このちきうは　遠い昔も今も
宇宙に突き出している
　断崖
　　の

青萎め（あおあおしぼめ
青伏よ（あおあおふせよ
写真を見ているとよくわかる
たくさんのものが葉枯れていった（ながされて
青は青の以前に
青々と青く
ずいぶん昔に青は青く萌えるだろう
まだあのころは青は青々と輝くだろう
明日には青は青々と萌えていた

青い未来がやがてくる
青はみたたびふたたび青々と
青萎め（あおあおしぼめ
青伏よ（あおあおふせよ

侘び寂び萌えよ
いちばんやわらかくて
せんさいな　たましいが
路上にしずかに降りつもる
そして忘れられる
（しだいにとける深度9くらいの眠りのなかで
置き去りにされたたくさんのぼくたち
笑えよ（写真の中の写真の中の写真たち（空よ
舗道の上で

冷えた手をこすりあわせて
（でもしんしんと冷たいまま
青い光を見上げながら

あと五分（てのひらの
十円硬貨をかぞえるけれど
何度かぞえても数があわない
降れよ
しんしんと降れよ
どーぶつビスケット
ちいさなぞういるかかんがるかわうそがふる
ちいさならいおんきりんきつねぱんだがふる
三年一組しまうまがふるくりすます
いくらかんがえても

数があわない
指先がこごえて
（うちがわで何もかも凍えて
あと五分
時の崖っぷちで笑っているきみ
うちがわとか過去とか意味あるわけないのに
まだ気づかないの？って

ふれよ白い雪　ふれよ青い光
ふれよ紙のクリスマス
ふれよ羽毛　ふれよ写真
ふれよムスーの画面たち
ふれよ風に吹かれる笑い声
ふれよ瓦礫　ふれよ青い未来

（青萎め （青伏よ
ふれよ雪のように人よ
ふれよ断崖の地球よ

星の（半減期

まだ起きていますか。未来が死んだところです。
（たえまなく
夜空に消えていく
ペルセウス座流星群の擦過音（のエコーを
受信しています
（スイッチを入れて
耳を澄ますと
（夜のソラに
明日の朝のトリの囀りが消えていく
一月後の街の喧騒が消えていく

一年後のきみの声が消えていく
（あたりはしんとしているのに
たくさんの未来の声が（さいげんなく
きえていく（きらきらと
ほしのようだ（ほしのようだ

　すこし脈してる（してない
　なんかまだ息してる（してない
　ほらたくさんの光が降ってくる
　……ダメみたいですね

ごらんなさい
きらきらのぼくらわたしらがたくさんだ
（まだ訪れていないたくさんの未来だった

だからここには（いないはずの（ぼくらわたしらが
次々とセカイから消滅していく
~~（死んだ未来のぼくらわたしらが、~~
いっせいにいいね
って反響している（いるね
ぼくの声もここにあって（ここにはない（いいね
きっとカラッポの夜空に（いいねいいね
たどりツいた（でんぱででんぱ
けっしてふれあうことのできない
（いいねいいねいいねいいね
いいね（ガ（とめどなく（混線してイ（るだけ
（だってこれって未来の（声（だもの
いいねいいね
ヨロコビもかなシみもイタいね

（いいね
ひゅんと
消える

分岐

ふと目を覚ますと、
黒い部屋の中にぼくはいました。
プラネタリウムの宇宙が
投影された星の数は73億でした。（ヒトのヒカリ
セカイのどこから夜空を見上げても
星空は共通しています嘘です
（星はすでに死んだ星の光で（あれはぬけがらで
空洞に反響する星たちの声

（だれにもききとれないほどの（あれは原子のかすかな揺らぎ
ところで
ぼくは死んだきらきらのぼくなのか
生きているぼくが死んだ過去をみているのか
どちらにしても
わかりはしないから
ぜんぶぜんぶ星屑だこのセカイは
（はるかな宇宙のどこかの惑星の人々がうたうだめな物語のようなもの
遠い夜空の
夜空を見上げているぼくが遠い夜空の星から夜空を見上げているぼくを
遠い夜空の星から夜空を見上げているぼくを見上げているぼくを見上げ
ている。まばたきをするたびに
星座の物語は主人公をたやすく入れ替える（から
この黒い部屋のぼくだってぬけがらのぼくの残響

（擦過音（ひっきりなしに（ひかりきえる

ふと目を覚ますと、
白い部屋の中にきみはいました
伏し目がちに。
ぼくの残響が（きこえている（きこえていない（のか
（ＴＶではペルセウス座流星群のニュースが流れている（無音の
きみはくちびるを閉じていて
でもぼくはここまできました（声だけになって
（ここから先はない（けれど

……ずるいですね
……死んだ未来がここにいる

分岐

虚でも実でもその境目でもすべて
セカイのことであるのですから
書きとめてみるとそれも世界をすこしだけ歪ませているのです。
夢の中であなたに出会ったときは驚きました。
まだ思いがいきていたのでしょうか
あなたはまだ生きていることにとまどっています。
映画館で並んで座って　でも間にひとつ空席をはさんでいました。
ふたりは映画を見ています　あなたは泣いているのか笑っているのか、

*

胡桃（くるみのとき

鳴く猫と
鳴かない猫のあいだに
時間が緩慢に止まろうとしている
あけられない箱のような街に
たどりつけなかった過去が
かたい胡桃になって
（ねこの直角にあがった尾の先に
月はうごかない

影は時間の瓦礫に埋もれて

いくら逃げても（ここでは誰も追いかけてこない
いつもあなたは一人で逃げて（逃げつづけて
失くした未来を思いだせないまま
鳴く猫と
鳴かない猫のあいだに
ほんとうは未来があった（のかも（しれない
（房のように（ひらかれる（たくさんの箱たちが
もう失くしたけれど（はずだけど（どこかで
微細な鳴き声がちいさな篝火のように燃え尽きて
影のない街で逃げつづけるぼくらわたしらは
（いつも一人で
橋のない川の向こうに街灯りを見つめている

（死ンダ胡桃ガぼくナラバ／アナタハやがて死ヌ胡桃

見てごらん
向こうでは雨が降っている
こんな真夜中なのに
黄色い傘の子どもたちが一列になって歩いている
いちばん後ろの子どもだけが
しきりに背後を気にしている
（ねこをさがしているのだろうか
（あるいは瞳のような月を

止まった時間の川辺から
生きている未来を見ていると
微量（ビリョーの闇が押し寄せてくるから
遠い街の灯や

星の欠片をあつめている猫の瞳
胡桃を割るように時間を砕いて
時計の針を進めようとしている
箱を開けると
鳴く猫と鳴かない猫ははたして鳴くのか鳴かないのか

星の（光の

光は見えるけれど
そこに星はない（いなくて
（光の始まりは深い闇だ（……
光だけが地上に落ちてくる
宇宙の奥の片隅に夜の公園があって
ずっとここにいる人とまちがってここに来た人と
（みんな俯いているのに
暗い硬貨が落ちていても（だれも気づかない
（ここはネットワークの結節点にすぎない
公園にブランコがゆれて

遅れつづける苦い時間
きしむ音（鎖の（……
きこえる（きしむ（きりきりと
黒い土の匂いがして
小さな画面が蛍のよう（だろう
ゆれる星の光のよう（だろう
（だからぼくはいっそうの闇になって
こんばんは（誰もいないけれど
ここからちきうは見えない

闇だからここにいる（ぼくらわたしら
（ひかりは消える（砕ける（散る（波の
（波（羽（歯（破（翅の音が耳朶を打つ
まばたきするたびにセカイはおびただしく

壊れる
裂けては砕ける花の（水をかえておきなさい
眼には見えない（意味ではわからない
（きしむ（きりきり（鎖の匂い
（闇の匂い（雨がやんだあとの
鎖のような星の名まえの
夜のすきまを黒い蛇がとおらなかったか
渦巻く夜空が激しくふるえて
だから
名前を呼ばれたら挙手すること
だから名前を呼ばれたら直ちに返事をして挙手すること
（その名まえを
呼ばれたらいつだって返事をする
（鎖の

ここにいます（ほんとうはいないのに
（呼ばれなければ存在もしないけれど
ここにいます（ここにいました（ここにいるはずでした
（せんせえ、もういいでしょう　あいつはクラスにはいないことになっている
花の水だけ換えておきなさい

＊

宇宙の彼方に光を反射した星がある
しかし誰ひとり星そのものを見た者はいない
やはり見上げているぼくらわたしらも光を反射した深い闇
どうしてもたどりつけないぼくらわたしら

＊

（ここはネットワークの結節点にすぎない

暗い公園の花壇のはずれの花とか
夜空にゆれる見えない星の光とか（そこにはいない
煙草の吸殻が生きていたときの火の光はどこからきてどこへいったのか
（光の始まりは深い闇
足元に踏み潰された星
どうしてもここからぼくのことは
見えない
むざんとはちがう　むしろ救い

見えない星とムスーの星の光
はじまりの闇といつかきえていく光
ちきうのかたすみ
切り立つ断崖の先端のちきうの
夜の公園で

夜行の飛行機の灯りが見える（ヒコーキは見えない
車道を走る車の灯りが見える（車は見えない
自動販売機の灯りが見える（自販機は見えない
ちいさな画面の光が見える（ヒトは見えない（蛍のひかり

見える光（の向うに蛍はいない
いない蛍がセカイをゆるゆると飛んで
小さな光の通信がセカイにつながっていくなんて
ムゲンにつながっていくなんて
ムゲンの孤独とかかわりはしない
（蛍の滅亡は種の歴史のなかでくり返されてきた
ムスーの光はどこへ向かうのか
たどりついてもそこに蛍はいないだろう
光（画面がゆれている

あかるい画面の中で百年も昔に滅んだ蛍が光っている
（だれですか　あなたは？
（百年も昔にいなくなったヒトのようなあなた
苦い水がゆれている
だれですか
猫の吐息のような蛇のゆれる舌先のような
蛍の光のきえていく間際のような墜ちて行く飛行機のような
希望がないからここにゆれている
ゆれているものすら見えないだろうけど
（意味では救われない

逆さまの空

はじめから空はなかった
見えるのは逆さまのソラだけ
逆さまのソラの下には　はじめから
いないわたしたちは（トリとか（花とか
かわいいってそれだけで（コーテイもヒテイもない
（もうすぐ終わる（授業は
二時間目（いつもヒコーキがとぶからわかる
あとはいつもいっしょ

（雨の記憶がある（空の記憶はない

「学校は監獄とおなじだ」と先生がいってた
「産業革命の後、学校も病院も軍隊も監獄も同じ時代にあらわれる」
（ホントだろうか
きんだいというおじさんはまっちょだった（らしい
（こくばんに踊る人形
ぜんぶ同じカオしして（ぜんぶ同じカオしている
のはセンセイも同じだし、わたしたちも同じで退屈だった
ここは学校だけど
はじめから逆さまのソラの下だし
ってことはもう近代も現代もお亡くなりになりました
ずっとヒコーキがうかんでいる
（もうすぐ二時間目が終わる

天国だってカンゴクがあるから生まれたのかも
黒っぽい背広のヒトが、ソラを横切っていく
そ（あれは近代だった　だから忘れていいんだ
就職とか進学とか、ミライってナニ？　美味シイモノ？
ソラがゆがむから　きょうも風が吹いている

（もうすぐ二時間目も終わる
（だから耐えられる　終ることだけが希望だし
あの日も教室は花畑みたいで
花花花（むせかえるように
水は枯れていて

窓に（セカイが流れて

女子高生が雨に打たれて（うつむいて（い
ぼくは音楽を聴いている（窓のこちらで
音符は光になって舞ってい（る
ずぶ濡れのブラウスと髪の毛先（かみのけさき（から
しずくが落ちる光があふれる（ながされるせかいが
そんなわたなべさんの詩を読んでいるの
ときみは言うけれど（あなただれ？（ゲームのソトのひと？
ぼくの詩じゃないけどねこれは

窓にうつる自分の

顔（顔が
左右反転のその向こうに（流れていく
街かどがさかさまの逆になっていて
（おそらく時間も光も逆に向かっている
女子高生のまわりを雨粒が（くるくるまわりなが（ら（下から上へ
くるくるまわるこの世界は逆のまたさかさまで
彼女から見るとぼくはぼくではない
音楽は時間といっしょに流れる（けれど
雨の音は始まりと終わりが奪われている（だからここからぼくは出られない
（さかさまの逆のさかさまのぼくを見ている彼女の逆のさかさまのぼくは
と思っているぼくは窓から街かどを見ながら
（あの窓の影がわたしの方を見てるみたい
（あたりの雨の音がうるさい

放火魔はわたし（逃げられない
（ライターもマッチも持って（いないけどわたしだ（うん、そんな気がする
その前は人魚だったの
（と意識の波間から顔をあげる
わたしは女子高生だけどあなたのものじゃない（です放火魔です
わたしはわたしのものでもないけど（これはモブキャラだから（でも放火魔
（濡れた長い髪の毛（かみのけさき（からセカイがしたたりおちる
歌っているのはわたしたち（ログアウトできますか
波のなかの一つのたくさんのひとつ（モブたち、声はすぐ消える

（サイレンがき（こえる
まだ雨に打たれて（いる
どうして彼女は傘をささないのか（わからない
ぼくが何か悪いことをした（からだろうしたはずです

左目が痛い（窓に映る右目が痛そうだ（悪いことしたから、わたし
そう考えているのはぼくなのか（窓なのか
雨粒なのか（窓に映る雨粒に映る彼女の瞳に映るぼくが見ている雨粒なのか
彼女なのか雨なのかなんだかセカイは
こんなにきらきらしているのに
ますます冷えていくのは（息はしろいけど
（地雷踏んでんじゃないのか（って、モブのくせにuな

こないだ壁に釘うってなかったですか
（あなたはこのあいだ壁に釘をうっていなかったですか
壁叩きじゃなくって、釘を壁にひたすら打っていたのはだれですか
（あの雨の日のことです釘うってなかったですか
掌とか足首とかに釘うっていなかったですか
これはわたなべさんの詩ではありませんね（むろん

どこかにきれいな多面体のガラスがひとつ
この世界に埋まっていたらいいなありえないけどな

雨がふると（ソラないのにね
きらきらの（ぼくらわたしらはたくさん
セカイをたくさんに反射している（みたい
たくさんの放火魔がいっせいに駈けていく
だってサイレンがき（こえるらんらん
もうすぐ洪水がくるくるくるって
きみは雨に濡れてらんらん
窓をみると（どこにもいけずに
たくさんの音符とたくさんの人魚が光に跳ねて
なかのヒトでもそとのヒトでも気のせいでもいいかなって

（ききとれない

夜の（とほい空でぴすとるが鳴る。

ここは夜に閉じられた街で
この部屋は閉じられて中空にあり
（夜空に浮かぶ黒い箱の
わたしは空によこたわり
それはわたしではないかもしれないしんでいるかもしれない
と考えているのはわたしだろうかこの部屋だろうか

明日にはひとり殺した。
標的は苦悶の表情をうかべたので、トカレフを４発胸に撃ち込むだろう。
「かなしい女の屍体のうへで、

つめたいきりぎりすが鳴いてゐる。」
~~殺せたら新しい詩の書き方を考えなくてはならない。~~
だからこの部屋は明日には空になった。

地上から車の音が聞
こえる（何台も唸るように
~~（目を閉じればちきうとわたしには直接のかんけいはない（から~~
~~このかんけいはあさってには途切れているだろう~~
（車の音（車の音（かも（しれない波の音かも（しれない
くりかえし打ち寄せる波（（（よるのはもん（（（
闇の海に浮かぶちいさなボート
波がゆれるとわたしは（わたしたちになる
なるなみになる（なみのまにまに
わたしはいなくなる

（いないからどこにも逃げられない
ここは閉じられた街なら　ここは空っぽの部屋
いないわたしが閉じ込められた（あやなし揺れる部屋
（とおく鳴るなみ

「みよ、遠いさびしい大理石の歩道を、
曲者はいつさんにすべつてゆく。」
うまく殺セタラ死体ハ海に沈めた。
コノアトハただ凄惨ナ抗争に発展した。
それはあさってのことだ。トカレフは捨てる。

きりぎりすのつめたい夜空に
ちいさなボートがうかんでいる（揺れる柩の
ボートのうえには誰もみえず

では誰もいないボートを見ているのは誰だろう
（車の音のような波の音がきこえる（あれは車の音かもしれず
（波の音は猫の鳴き声かもしれず
このところ夜に猫を見かけるのだった
波動は間断なく続いている
あの車　車たちは
闇からあらわれどこに行くのだろうか
車の音は　どこまで逃げて　行くのだろうか
それははたして波の音だろうかきりぎりすの震えだろうか
わたしやわたしたちに耳を澄ますのは誰か　という問いは
微量の毒、ちきうすら黒く染めてしまう。
（音は近づいて（ここに至り（ここを通り過ぎて
遠ざかる
（微細な（ねこの気配のように

音はどこまで　あの波長の輪郭を保てるのか
夜の奥に消えるまで　だろうかはたして
いまこの私の声を聞いているあなたは誰だろう
あなたはやがて夜の奥に消えていく
ということは
あなたはどこかの街に波紋のようにまたあらわれる
それははたしてあなたなのかわたしなのか
と　こう囁くのはだれなのか　だれたちか
ゆれてくずれる波のようなわたしのまにまに

この街ではよく猫を見かける。かれの部屋を訪ねるために時折おとずれる街だがいつも不在で会えたためしがない。名前も正確ではなく、住所も曖昧で、階も12か13か14階かにいるらしい。かれは同郷だと言ったがいちどもそれがどこかを語らなかった。

この街に泊まるときまって夢を見る。夜空に朝が浮かんでいる。すると血にまみれた朝がなにか囁いているけれど聞き取れない。夜空から朝を引き揚げてやりたいけれど、手が震えてかなわない。おいしっかりしろと語りかけるが波の音にまぎれてしまう。すでに青白くなって朝は死んでいる。もう朝は朝ではなくなっている。これは気味の悪い話だが、人の語ったままなのである。

＊「　」部分は萩原朔太郎「殺人事件」より引用

一本の桜が世界を受信している　詩客ばーじょん

（明日、見るはずの
星の名前を
ぼくらは夜が明けたら忘れる
ムスーの電波が　まるで
流星雨のように降りそそいでいる（いるね
宵闇の中にぽつぽつとアンテナが立っている
セカイを受信しては
つぎはぎの日誌や縮尺のちがう地図を張り合わせて
（星の海で
点いたり　消えたり　くりかえす

（難破しては
がつがつと狂いつづける風景も星座も
まばたきをするたびに
組み替えられていくぼくらわたしらは
震える時制だった

こんにちは
ぼくは死んだ未来です
世界を追い抜いてここに来ました
（かもしれない
映像は激（しく（ブレている
宵闇のセカイで
足元にひろがる石くれを気にしながら
いないはずの人とケータイで話しているのでした

おかけになった番号は地上では使用されていませんあるいはあなたので
んぱはこのセカイのものではありませんね失われた昨日とか電波の届か
ないところとかあるいは20XX年のどこかで活断層がくずれたように
時間が漂流するのはよくあることで
（まばたきするたびに切り替わっていく（分岐して
記憶も次々に書き換えられて
それからそれからあの日ぼくらは何をしていたのか
ふたりで食べたのは何だったのか（夜桜の下で写真撮ったのはだれ
あのとき見あげた桜は桜でしたか
遠くで鳴っているのは目覚まし時計ですか悲鳴ですか
おかえりなさい　災厄はもうすぐ始まります
まだ知らないはずの星の名前をなぜか知っています
もしもし　まだ生きている過去ですか
そこでは桜は満開ですか

ここからは見えないけれど
満開の桜の向こうに
無数の星が沈んでいきます

一本の桜が世界を受信している　耳空ばーじょん

壱

桜が受信する、ヒトが咲く
ここここは圏外ですから
（始まりと終わりの見えない場所
ただただ消えていくだけの咲く花散る花
カタカタとくずれ落ちるヒトの姿が
まるでたくさんに罅割れて花びらのようだ（ようだった
それぞれの花びらの破片のそれぞれに
あらゆる暗黒の星座がひろがっている

ここここここには人はいない（ようだった
が、が、が、
おびただしい悲鳴と哄笑が背後に輝くばかりに渦巻いている
（ようだったようだった

いまは春だった（のか
花びらにさらわれていったものは海に眠る
（あれは星の海で
こわれつづけてひたすら終わりなくこわれつづけて
それを無限に愛でる桜はそれを無限に愛でる
まるで電波障害のように
ここここここではヒトはからだを折り曲げる
手を上下に揺らしている（影絵のように
もうすぐ消える（すぐ消える

見えたり見えなかったり
電波が途切れた一瞬、あの人は笑った

弐

たくさんのぼくが風にめくられる
何人かがどこかに飛ばされて
ここではめくられるムスーが
折れ曲がり
うらがえしになっている
乾いた口唇をすこししめらせると
ぼくは一斉にちがうことをつぶやきはじめるのだ
わたしは草ではない雲ではない闇ではない風ではない
土でもなく犬でも猫でも蟻でもない

鳥でもなく魚でもない
虫はなく犬はなく風はなく火はなき水はなき木々はなく
私でもなくあなたでもなく時もなく去るものではなく来るものでもない
太陽でも月でもない大地でも海原でもなくここでもなくこころでもなく
心臓はなく脳でも肝臓でも胃袋でも眼球でもなく
人形ではない翼はなく上昇も墜落もなく水平も垂直もなく公平も超越もない
かみではなく紙でもなく神ではないかみでもなくかみかみではないし
ほとけでもぶっだでもにょらいでもにょろにょろでもなくやおよろずでもない
善でも悪でも罪でも功徳でも慈悲でも愛でもないないないない
左右でも上下でも光でもいのちでもせいぎでもないとにかくない
桜でもなく散る花びらでもない
人ではなくヒトではなくひとつでもない
われわれはムスーであるがゆえに

ないことばかりが積み重ねられて
ここでは散る桜の花びらが時間だった
ムスーに折れ曲がり、うらがえされて
ただめくられていく風景のなかで
カタカタと壊れていく昔の未来
（を見ているのは誰？
桜が世界を受信して
（ここは春
ヒトが咲く、ムスーに、散る
たくさんの未来がうらがえしになって
（ごめんなさいごめんなさい
咲く未来も
散る未来も
（きこえますかきこえますか

桜の背景には闇がひろがり
闇には無数の星がかがやき
花びらは際限なく散りながら
その前で途方にくれているのは誰ですか
画像がブレる一瞬の中で
それでも笑うしかないじゃないか

参

ぼくが消える瞬間に
世界は笑ったりするらしい
おまえらうるさいよ　すこししずまれよ
満開の桜がヒトヒトヒトを召喚したから
そのあとは散るし壊れるし闇夜には猫に踏まれるんだよ

ふわふわと無くなっていくのは本懐だ
どこから来たのかわからないよ
会話なんて成立しない
さわぐだけさわいでさようなら
瞳にうつる桜はホンモノなのか
壊れたぼくの眼の中に満開の桜が壊れている
方位磁石は狂いつづけて
どこにもたどりつけないことだけが救いじゃないか

夜空に飛来するでんぱでででんぱ
散っているヒト　墜落する星座
桜に出会わない
ずっとここで待っている　桜を

虹の廃墟

ぼくはいない（けれど　いないはずのぼくが
たたずんでいるセカイと
あなたはいる（けれど　いるはずのあなたが
消えそうなこの街が
ふたつ重なる
と
なにもかも終わった後の（青い空
あなたがかすかな歌を口ずさみ
ぼくがソラを見あげながら
風の気配にふりかえる午後

ここにはだれもいない（けれど
ここにいてはいけない（けれど
不在と終末がかさなる街に（かさなり
世界がわずかに色づいてだれもいなくなった

時間はいつだって凶器になる
（折り重なる風景だけは裏切らないのに
いるときもいないときも（そうかもしれない
こうして指をからめて気の遠くなるほどの
寂しさに耐えるしかない（空とソラを見あげながら
「うたはいいね」といつか渚でささやいたあなたが
廃墟の街でぼくの耳もとに針の痛みを落とす
から
（空はたかく（あおあおとかぜは吹き

こんなにも（遠ざかって（しまった（いいね
けがれも罪も（いいね
これまでのぼくらのすべてを（ぼくらは許す（はずがない
（廃墟に、虹

たとえあなたがこのセカイの陰画であっても
たとえぼく自身が街角の暗いバグであってもだきしめてあげる
（ガラスに映るゆらぎのようだ（だからガラスのように
砕けても傷ついても世界のセカイの傷だから
あわれなほど初歩的で
けがれも罪もガレキのように
積み上げられて（もろく（崩れ落ちそうだ

ここはかつて海だった空だった

キャラメルのように歪んだ鉄骨や
時が傾いた街並み
無数の人々がさらわれていった祭壇の前で
ぼくとあなたは罪の贖いのために押し黙る
けがれて濁った水のうえの
虹のように
（ふいにきえる？　そんなわけない

*

震電

光
そこから
星がある（ことが
わかる
（逆巻き
やがて星は誕生する（そして（闇
未来は
急速に遠ざかり
闇はしだいに混濁した夢になる
漆黒の

ひとすじの絶叫の（ようなものが
かなたに闇のなかの闇に（消えていく
（無

夢
それは虚無ではない
あの日　わたしは「枯葉を踏みしめる者」だった
枯葉の小道をたどって沼をめざしていた
（ふるいふるい沼といくつかの小道
星の起源よりも古いと語られている沼だ
（ならば星の起源よりも古いと語る者はだれだ？
あふれるほどの闇がかつてそう語ったと
その沼に棲まう一匹の蛍が語るらしい
一匹の蛍には

星たちの宇宙が充満している
しかし季節はずれの今　蛍は存在するはずもなく
枯葉を踏みしめる者は
沼の畔にたたずむばかりだった

そういえば
ぼくがいなくなったときのことを
ぼくは覚えていない
（これは死んだ未来の夢だ
いないことばかりが繰り返されて
落ち葉のように積み重ねられていく
ムスーの不在がひとの姿をしてあらわれる
凍った焔のように
どんな運命でも受け入れてあげる

朽ち果てた瓦礫から生まれてくるものもある
（未来からくるもの　過去からくるもの
あらゆる苦痛も快楽も
笑えるじゃないか楽しいじゃないか
むろんそれは人の役割ではない

さて
あれは星だと皆固く信じているが
はたして星だろうか（わからない
そもそも今がいつなのか誰も知らない
この沼の底に
震電という機動兵器が眠っている
戦うために作られ　戦うことを封じられた無限
（夢をみつづける夢

広大な宇宙の闇の中
ひと粒の塵が（明滅する光
爆風となって吹き荒れるキョーキ
（永遠に失われた八月十六日　あるいは三月十二日
（奪われた明日を夢に見ながら　壊れた未来を託された
強靱な甲虫のフォルムをもつ
壊れた時計のような存在
（運命の喩として
だから震電を見た者はいない
誰も知らない震電はうつくしい恐怖
誰も知らないからこそ無敵の閃光
かつてわたしは（わたしたちは震電で宇宙を駈けた
（我が一門の機動兵器
たとえそれが

すでに滅んだ蛍の種の名称だとしても

光が蛍をかたちづくる
蛍が深い闇を呼ぶ
やがて沼　と地面
地表がひろがり万象はおいしげり（鈴が鳴る
ついには星があらわれる
（光という言葉の正体
満天の星空を見上げて
ぼくがここにいる（ひとのかたち
（てのひらはつめたく
足元の枯葉が風に渦巻く（その瞬間
裏返された未来を確かめるように
沼の暗い水面に光（ひかりが揺れている

あれは星なのか蛍なのか（わからないわからない
（すべては光の反射にすぎない光
あらゆるものは時の擬態
闇はいつも光

空の（針

指先はひかる
空は手のひらにある
空を見つめてうつむく影は（ほそく針の
ように（ときおり消えたりあらわれたりする
やがて
指先がひかるぼくが消える
なにもない空に（読めない文字を綴りながら
さいごに消える指先がすうと消える

今日はないはずの日だった

（どうやったら終われますか？
あのときぼくは何者だったのか憶えてないけどね
水色の髪のあなたは口ずさむ
失われている言葉を
ぼくは知らないが知っているなぜならこの時間は
ないはずの時間だから
いないはずのあなたにぼくはふれる
ぼくらをつなぐ微かな言葉は　（掠れて
（すくわれることなく
（どこにもない今日にいるあなたはいないから
いないぼくはすくえない　（すくわれて
でもムゲンにすくわれはしない　（いるけどねいないからね
（ぼくたちはだからここから終われない　（ひかる

空の下にあなたはいる（そらみている
空の下にぼくはいる（そらみている
昨日から見ればふたりとも針のようだ
（針はどこに向かっているのか知らない
どこにも（行けないけれど
水色の髪が風に揺れて
すべてが空のように流れて行く
すべては動かないセカイとセカイの隙間にある
本当は悲しみはどこにもない
希望がどこにもないように
だからもしあなたが悲しいなら
希望はそこにある（うそだけど

明日が壊れたからぼくらは風の抜け殻だ

（人がそんなに便利に変われるはずないもの
（みとめたくなくてもここで戦うしかない
動いているものが動かなくなる
そんなちいさな空に
針が刺さっている　（指先のトゲ

胡桃（のち雨

胡桃の殻の中にしずかな実（うみがあって
実のなかに芯があるなら魂はどこに
あるのかありませんか
雨が降ると（あめがふると
死んだ未来からしずかなバスがきて
バスには生きていった過去の人々の顔が
通り過ぎていくいきませんか

あの分岐した（菫から石への交代
（薬から不眠へ（青から赤に

等しい時間の中でなくしたものは（たぶん
いくつも漂っていて（つづけて（どこにも辿りつかない
きこえますかきこえませんか
猫の髭の微細なふるえる
雨にぬれる雨粒のふるえ
胡桃の外のここ（雨の音

かたい瞳は（窓にうつる雨を観察する
（雨は（雨は（雨は（雨は（雨は
どこにも辿りつかない時間だ（たどりつかない（たぶん
（胡桃の実はかたく（かたくななまま（たぶん
セカイが踊っている（雨は動かない（たぶん
激しくすてっぷするムスーの街の（たぶん
（街の（街の（街の（街の（港も（丘も（街の（街の

分岐した（のち雨（ちの雨
ときどきたどりつかないたましいの（くるみの（ちの雨

バスが目の前を横切って
いく　バスの窓に
いたのは　ぼくではきみでは
なかったかバスの
なかには分岐した時間
窓に（雨が流れる

ここではこの星の自転が封じられている
胡桃の殻の中の生きていた時間がしだいに衰える
（雨に濡れる（青白いくるみ
窓から見える信号が赤く点滅する赤の時間

バスの中は肌寒くて芯はまだ冷たい（まだ冷たい
芯があるなら魂はどこにあるのかありませんか（砕けよ
砕けよ赤が鳴りつづける砕けよ胡桃
砕けよ時間が生まれる

二時間の風景

わかりあおう
二時間だけ
声の中を川が流れていく
（細く　きりきりと
ぼくらわたしらはわかり
あえる（だろうか
（いきをつめ　ちをとめて
すりきれたフィルムの夕陽に染まる丘
鳥の影をさがして（みつからず

あれは空の傷
最後の未来が退場していく

わかりあえない（だろう
二時間ほどの
声の中を川が流れていく
おびただしく壊れてしまった
その声は鳥に似ていた
形にすれば裂に似ていた
あらぬ彼方を指さして
川は吊りあうものをさがしていた
（五〇円硬貨三枚しかないごめんね
声も尽きる　風景も
冷たい手をただ握りつづける（こと

だけを　（二時間の後にひろがる
宵闇にかすかなひかりを

初出一覧

未読の街　「レプリカント畑」1号、二〇一四年三月
ひかりの分布図　「耳空」6号、二〇一一年八月
夜の（半減期　「詩客」二〇一五年九月十二日号
いちばん弱い時間にまねかれている　「レプリカント畑」3号、二〇一四年十月
箱（はこのうさぎ　「耳空」9号、二〇一二年十月
星の（闇　「現代詩の実験」6号、二〇一三年三月
白い街　青い光　「耳空」7号、二〇一一年十二月
星の（半減期　「ユリイカ」二〇一六年十二月号

胡桃（くるみのとき　「おもちゃ箱の午後」8号、二〇一四年六月

星の（光の　「耳空」10号、二〇一三年四月

逆さまの空　「現代詩手帖」二〇一七年八月号

窓に（セカイが流れて　「おもちゃ箱の午後」9号、二〇一五年三月

夜の（とほい空でぴすとるが鳴る。　『Solid Situation Poems』二〇一八年二月

一本の桜が世界を受信している　詩客ばーじょん　「詩客」二〇一二年五月四日号

一本の桜が世界を受信している　耳空ばーじょん　「耳空」8号、二〇一二年五月

虹の廃墟　「詩と思想」二〇一六年五月号

震　電　「ユリイカ」二〇一二年十二月号

空の（針　「アニポエ」1号、二〇一五年二月

胡桃（のち雨　「レプリカント畑」2号、二〇一四年六月

二時間の風景　「朝日新聞」二〇一一年十一月二十九日

星《ほし》の〈半減期《はんげんき》〉

著者　渡辺玄英《わたなべげんえい》
発行者　小田久郎
発行所　株式会社思潮社
〒一六二－〇八四二　東京都新宿区市谷砂土原町三－十五
電話　〇三（三二六七）八一五三（営業）・八一四一（編集）
ＦＡＸ　〇三（三二六七）八一四二
印刷・製本　創栄図書印刷株式会社
発行日　二〇一九年四月二十五日